김영재 선배님께
2015년 봄
최영태 드림

어느 무명 파두 가수의 노래

어느 무명 파두 가수의 노래

—

초판 1쇄   2015년 4월 27일
지은이   최형태
펴낸이   김영재
펴낸곳   책만드는집

주소   서울 마포구 양화로3길 99 4층 (121-887)
전화   3142-1585·6
팩스   336-8908
전자우편   chaekjip@naver.com
출판등록   1994년 1월 13일 제10-927호
ⓒ 최형태, 2015

* 이 책은 수원시와 수원문화재단의 문화예술발전기금을 지원받아 발간되었습니다.

후원 : 휴먼시티 수원   수원문화재단 Suwon Cultural Foundation

* 잘못 만들어진 책은 구입하신 서점에서 바꾸어드립니다.

—

ISBN 978-89-7944-523-7 (04810)
ISBN 978-89-7944-354-7 (세트)

책 만 드 는 집　시인선067

어느 무명
파두 가수의 노래

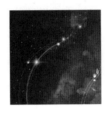

최형태 시집

책만드는집

내 시 쓰기는 어쩌면 어릴 적 글공부의 시작이었던 받아쓰기의 연장선에 있다. 다만 지금은 천지자연으로부터이거나 타자로부터이거나 내면의 소리로부터의 받아쓰기이다. 결국 받아쓰기는 나의 처음이자 가장 나중 지니인 애물(?)이 되었다. 생각건대 이 일은, 마치 불립문자의 받아쓰기와도 같은 무모한 수고인지도 모르겠다.

두 번째 시집을, 첫 시집을 낸 지 무려 16년 만에 내게 되었다. '무려'라고는 했지만 16년이라는 세월의 무게는 괴롭도록 가볍게만 여겨진다. 부끄러움을 무릅쓰고 이렇게 묶어내게 된 것은, 그러니까 이것이 필경 (나를 짓누르는) 생의 가벼움에서 벗어나는 길이라 여겨서일 것이다.

당연한 소리지만, 생의 연륜이 더 좋은 시를 보장하지는 않는다. 그러나 시는 퍼다 쓸수록 맑게 차오르는 샘물과도 같다. 그래야 될 것이다. 나이 먹어가는 내 시도 영혼의 깊은 지하 암반에서 솟는 청량한 광천수가 되리라. 믿음이 생을 구원하리니.

이 시집을 나의 소중한 세 여인에게 바친다.
어머니와 장모님, 그리고 아내에게.

2015년 봄
최형태

| 차례 |

2부   여름 한낮

3부   어느 무명 파두 가수의 노래

4부　문명학당

1부
내 마음의 막사발

사랑의 추억

바다는 아스라이 먼 수평선이다가
어느새 파도가 되어 발끝에 와서 부서진다
사랑의 추억도 이와 같다
사랑이라 여기던 미움도
미움이라 여기던 사랑도
아득히 먼 흐린 수평선이다가
어느새 발치께로 밀려온 잔물결로 다가와
차갑게 물방울을 튀긴다

보르헤르트를 읽는 밤

26세의 한창 나이에 그는 죽었다
한때 나는 그의 희곡* 속 한 등장인물이었다
딴 사람이라는 이름을 가진
그 배역을 맡았을 때는 세상에,
내 나이 약관 스무 살이었다!

국문과 신출내기들이 겁도 없이 덤벼들었던,
그러나 결국 무대에 올려보지도 못한 그 연극 대본을
40년도 더 지난 지금
흐린 눈 비벼가며 다시 읽는다
주인공 베크만 하사와, 전장에서 그의 연대장이었던 대령과,
대령의 가족과, 그리고 또 누구였던가,
기억 속에서 가물거리는 배역들을 더듬으며
요절한 천재 작가의 광기 서린 작품을 읽는다

전쟁의 악몽에서 헤어나지 못하는
문밖에서 떠도는 자의 충혈된 눈이 새삼 아프게 다가온다
이제 막 생의 오랜 전선에서 돌아온 나

이 밤은 나도
패잔병이다
노트북 화면 속 대본 위로 부유하는 또 다른 무대의
또 다른 문밖을 배회하는,

* 볼프강 보르헤르트의 희곡 「문밖에서」.

꿈

집으로 돌아오는 길에
자전거를 잃었다가 되찾았다
주위에서 발 벗고 나서준 덕에
찾을 수 있었다
자전거 늦바람이 들어 큰맘 먹고 장만한
애지중지하던 자전거였다
달라진 동네 풍경에 잠깐 눈을 준 사이
감쪽같이 사라졌었다
세상은 변해도 역시 살 만하다고 안도하며
다시 자전거를 타고 간 곳은 누군가의 결혼식장이었다
입구에서 친지들을 만나 인사를 나누는 동안
자전거가 또 없어졌다
환장할 노릇이었다
예식장 곳곳을 뒤지고 다녔다
(한심한 놈 대책 없는 놈 지지리 못난 놈)
자책이 자학으로, 원망으로 바뀌어가는데
죽으라는 법 없다더니
딱한 사정을 알고 예식장에서

자전거 한 대를 내주는 것이었다
뒤에 짐칸까지 딸린 커다란 자전거였다
그런데 자세히 보니 페달이 없었다
아니 페달도 없는 걸 어떻게 타냐며 항의하려는데
어깨가 못 견디게 아파왔고
그러다 잠에서 깨었다
…… 꿈인 게 천만다행이었지만
정말 모를 일이다
어쩌면 이게 나의 생시인지도.

그리운 손

어머니 손을 잡고 걸었다
생신날에
집 근처 식사 장소를 오가며

얼마 만이던가
아니 언제
어머니 손을 잡아보기나 했던가

한 손엔 지팡이 짚고
다른 한 손으로는
내 손 꼭 쥐고

천천히 한 발 두 발
야야 다 와가나?
숨찬 걸음 멈추며
물어보시던 어머니

예전 같으면

한달음에 오갔을 길
그래도 오랜만에 아들 손 잡고
마냥 행복한 표정으로
걸으시던 어머니

어머니 이제사 알겠습니다
어머니 손이 왜 세상에서
가장 따뜻한 손인지

어머니 손이 왜 세상에서
가장 그리운 손인지

우리 아들 최 감독

전공인 영화를 접은 둘째 녀석이
어느 날 갑자기 바리스타에 입문하였다
졸업 작품으로 단편영화를 찍고
개막작으로 뽑히고 하길래
영화감독 아들 하나 두나 보다 했는데
영화판에는 나서볼 엄두도 못 내고
여기저기 이력서 내고 면접도 보러 다니고 하더니
끝내 방향을 틀어버렸다
그러던 녀석이 어느 날 손에 들고 들어오던
권정생 선생 책이라니……
아비 닮아 저런 책이나 좋아한다
이 험난한 청년 수난 시대에 어찌 먹고살려고……
그러거나 말거나 우리 식구들은 그를
감독이라 부른다 최 감독
안 되면 자신의 삶이라도 연출할 테니까
알고 보면 누구나 감독이다

살맛 하나
-눈물

태어나지 않았다면
이 맛을 어찌 알았으리
인생길, 나그넷길에서
쓴맛 단맛 다 보다가
급기야는 사는 맛
제대로 맛보게 되는
이 짭조름한
눈물의 맛!

살맛 둘
- 맛이 가는 맛

우리나라 미식가들은
입맛도 참 여러 가지라서
낚시꾼은 손맛이 최고라 하고
노름꾼은 패 쪼는 맛이 단연
최고라 한다
또 어떤 이는
아는 사람은 다들 아는 거지만
여름날 과수원에 숨어들어
서리를 감행해 먹는 맛만치
짜릿하겠느냐고도 하고
그런 게 아무리 좋기로
곳간에 재물 쌓이는 맛,
돈 세는 맛만 하겠냐는 이도 있다
그런데 나는 요즘 잠자리에서
아이패드 가지고 노는 맛에
제대로 걸려들고 말았다
두 손만 좀 놀리면 무슨 화수분처럼
요지경 세상의 천태만상을 끝도 없이 쏟아내며

두 귀, 두 눈을 마냥 호사시켜주는,
매일 밤 잠들기 전 내가 맛보는 이 맛,
완전히 맛이 가는 맛!

서도 書道

지공을 겨누는
백면서생의 필검의 끝
골기 서린 운필이 시작된다
모필의 부드러움이
험절의 기를 뽑는다

지와 속,
곡과 직,
태와 세,
소와 밀,
경과 연,
허와 실……

극이 극을 이기는
필묵의 운기조식이
법을 찾고
도를 구한다
멀고 먼

입법이출의 신공

검박이라는 신공
고졸이라는 신공
신채라는 신공
그리고 마침내
기이라는 신공!

바다에서 길 찾기

바다에 이르면 더 이상 길이 없다
바다에서는 길이 끊긴다

그러나 더 이상 갈 수 없다고
고개 떨구지 마라
배를 타고 가는 길도 길이요
돌아서 나오는 길도 또한 길이다

그러니 길 잃은 자여
부디 바다에 가서 보시라
누가 알겠는가,
더 이상 갈 곳이 없는
막다른 그곳에서
가슴이 확 트이는
그 너른 곳에서
그 환한 곳에서
푸른 물 뚝뚝 듣는
푸르른 길 하나 문득

건져 올리게 될 줄!

길 없는 곳에서 찾은 길이
진짜 길이다

내 마음의 막사발

내 마음의 막사발에는 이맘때쯤
말갛게 아침나절의 고요가 고인다네
자주자주 비가 오고
빗방울들이 음표처럼
지표면을 때리는 이맘때쯤

비 갠 산허리에 나직나직
조각구름들이 떠돌고
그 아래 계곡물들이 팔뚝에
울끈불끈 힘줄을 돋우는
이맘때쯤

풀섶에 앉았던 나비들
팔랑팔랑 한가로이
날아오르고
내가 기다리던 능소화가
마침내 피고
새로 태어난 물오리들

아장아장
물살을 헤집고 다니는 이맘때쯤

내 마음의 막사발에는
말갛게 아침나절의 고요가 고인다네
누군가의 손길이 따라주시는
찻물처럼

화성별곡 1
- 수원천변 길

이후로도 오래 간직하고 싶네요
이 풍경들이요
그때 알았어요
어떤 풍경들은
보는 순간 그대로
추억의 정지 화면이 된다는 것을

예전에는 많은 사람들로 북적였을
동래철공소라는 간판의 대장간과
옆집 가게 흥원솜틀집,
연희의상실과 서문기름집……
사라져감과
잊혀져 감을
희미한 페인트 글씨들로 말해주던
케케묵은 상점들,
10년 전 처음 이곳에 왔을 때
엄연히 눈앞의 현실임에도
아직은 현재가 당도하지 않아

마치 내 어릴 적 어느 지점에
붙박혀 머물러 있는 듯하던
믿기지 않던 이 풍경들

이곳에 와보고 알았어요
때로는 몇십 년 전 그때 그 시절이
고스란히 현존할 수 있다는 것을
아주 오래된 현재도 늘 있다는 것을
추억이란 반드시
과거 속에만 묻혀 있는 게
아니라는 것을

하늘엔 구름

하늘엔 구름
이 땅엔 하나님

하늘엔 별
이 땅엔 소망

하늘엔 빛
이 땅엔 바다
같은 사랑

하늘엔 평화
이 땅엔 피 흘리신
예수님

2부

여름 한낮

파도 소리

언제나 다른 후렴

그치지 않는 허밍

아무도 모르는 속앓이로

부서지고 부서지는 발성으로

아무도 따라잡을 수 없는 음계로

부르고 또 부르는

되풀이 듣고 또 들어도 질리지 않는

저 이상한 노래

음풍 吟風

푸른 갈기를 날리며
바람이 찾아왔다
창문을 두드리는 바람
바람구두 꿰어 신고
달려 나간다
슬슬 나를 이끌며
공중 무도장을 휘젓는 바람
가벼이, 유유히
때로는 곤두박질치며
때로는 솟구치며
기분 좋게 살랑대며 사운대며
거침없이
노닌다
사납게 내닫다가
문득 늦춘다
바람의 스텝으로,
바람의 박자로
때로는 격정에 겨워

때로는 속삭이듯이
점점 빠르게,
돌연 산보하듯이
나뭇가지 사이로, 나뭇잎들 사이로
휘감으며 돌아드는
한바탕 바람의 춤사위
황홀경이다
바람의 손에 잡혀 나는
나를 놓친다

겨울 축포

파편이 쏟아진다
펑펑
펑펑펑
무차별로 쏟아지는
눈송이 파편들
오늘이 무슨 날일까
포성도 없이
하늘이 터뜨리시는
맹렬한 축포의
파편들
쏟아져라 쏟아져
펄펄펄펄펄펄
오호 오늘은 축제날
울지 마라
잊어라
이 땅의
슬픔들아
상처들아

분노들아
고통들아
터져라 터져
온 하늘 가득가득
소리 없이 작렬하는
한바탕 팡파르로

눈 터지는 봄

무수한 생명의 눈들이
온몸으로
눈뜨고 있다
신생의 맨살로 몸 열어
세상으로 세상으로 움터 나오는
저 눈
눈
눈들,

속진에 흐려진 눈으로는
너무나 눈부시고 황홀해
눈 씻고 보고
눈 감고 다시 보는
눈 터지는
봄

상고대

겨울나무들이 오늘은
눈부신 변신을 보여주고 있다
지난가을 훌훌 벗어 던진 홀가분한 몸에
오늘은 순백의 드레스를 둘렀다
혹한의 계절에도 이런 호사가 있어
나무들은 행복하다
알알이 보석이 수놓인 옷자락이
이따금씩 부는 바람에 빛을 뿌린다
오호 바로 이것이구나
북국의 선녀가 이슬로 지어 입는다는
천의무봉의 그 옷!

빗소리

누구신가,

천고의 북채를 들어

두드리는 이

숨 막히는 휘모리 주법으로

삼라만상을 북 삼아

두드리는 이

장쾌무비 소리의 향연을

펼치는 이

어찌 피하랴

이른 아침부터

예고도 없이 들이닥친

저 장기 흥행몰이 돌발 공연

난타!

여름 한낮

발밑 물웅덩이에
구름이 흐른다
쑥쑥 키가 자라는 나무들
무성한 잎새들 사이
언뜻언뜻 비치는 구름 하늘을
슬쩍 건넌다
어디선가 안하무인으로
매미가 운다
그 왁자한 울음에
세상천지가 한 번
부르르 몸을 턴다
세찬 비 그치고 난 뒤
우산 접어 들고 걷는
여름 한낮

여름날 저물녘의 귀가

전봇대 꼭대기에 올라앉은
까치 한 마리가
줌인으로 다가오는
여름날 저물녘
까딱거리는 저 몸동작은
이른 저녁 식사 후의
여유로움인가

가다 서다를 반복하는
오늘도 주춤거리는 일과 후
그러나 차 안에서 내다보는
비 그친 구름 하늘엔
청아한 먹빛으로 새로 번지는
모바일폰 문자 같은
불립문자 한 말씀
...!!!^^*☺...

나는야 여름 백성

나는야 여름 백성입니다
대대손손 성은이 망극하여
머리 조아려 송축하는
여름님의 무고한 양민입니다

우리 군왕 여름님시여
만천하 굽어살피시사
지엄하신 분부로 선정을 베푸시고
해마다 격양가를 부르게 하소서

불볕더위에는 소나기를 뿌려주시고
뙤약볕으로 오곡백과를 여물게 하시며
산곡에는 울창한 수목들 발 적셔주며
콸콸콸 계곡물 흐르게 하시고
너른 들에는 푸른 초장을 펼쳐주소서
아무쪼록 여린 것들의 보금자리를 내어주시고
한 세대를 이루도록 키워주소서

위풍당당 산천초목을 호령하시는
그 치국평천하의 위엄을 기려
미루나무 가로수 길 위로는 지금 막
뭉게뭉게 구름도 피어오르네요

나는야 하고많은 억조창생
그중에서도 제일로 욕심 많은 족속이지만
오늘은 그저 홑적삼 베잠방이 바람으로
덩실덩실 춤추며 내달리고만 싶은
여름님의 천둥벌거숭이 백성입니다

내 사랑 능소화

1
아무 이유도 없이
그저 좋아하였다
그리고 괴로워했다
능소화凌霄花,
꽃이 이쁘기도 하지만
능소화라고
적어봐도 좋고
능, 소, 화라고 불러봐도
음가도 참 고운 꽃인데
하늘을 능멸하다니!
하늘을 능멸하는 꽃이라니!
나는 꽃을 좋아해도
왜 꼭 이런 꽃이란 말인가
그러나 어쩌랴
이미 좋아해버린걸

2
그 이름으로

내 슬픈 사랑이 되고 말았던 능소화
그러나 사랑이 지극하면
구원이 열리는가
행초반 서예 시간의 죽비 소리가
홀연 내 무지몽매의 사랑을 내리쳐
너를 다시 보게 될 줄이야!
하여 이제 내 사랑은
천지개벽의 사랑이다
이제 나 눈먼 사랑의 포로가 아니라
눈 밝은 사랑의 포로다
그러니 능소화여
이제부터는 내 너를 호명함에
일말의 가책도 없나니
응답하라 그대여
그대 아무리
시리게 푸른 하늘 더욱 시리게 하는
이기적이고 도도한 꽃이라 해도

봄밤

매화 가지에
봄 신명이 지폈다
달빛에 취하고
춘흥에 취하는 밤
한 송이 또 한 송이
피는 줄도 모르게
꽃은 피는데
불쑥 누군가가 말했다
행복한 봄밤이라고
그 말이 듣기 좋았는지
달님도 환하게 미소 짓는다
매화 가지 끝에
먼저 온 봄
매화가 피는 한
봄은 망가지지 않는다
세상이 아무리 망가져도
봄은 망가지면 안 된다

우리 집 동백

울 마누라가
나보다 더 이뻐하는
남쪽 바닷가 양갓집 규수
동백기름으로 자르르
윤기 흐르는 머릿결 뽐내며
그 자태 오늘도
단아하시다

차가운 바닷바람에
고운 두 뺨 살짝 상기된 채
언제나 싱그럽던 모습
오늘도 곱게 머리단장 하고
그때 그 모습으로
잎새들 속에서 보일 듯 말 듯
수줍게 웃고 있다

가을

가을입니다

우리가 은연중에
조금씩 서로를 닮는 계절

물빛은 하늘빛을 닮고
하늘빛은 물빛을

코스모스는 바람을
바람은 코스모스를

사람은 갈대를
갈대는 사람을 닮는,

가을입니다

우리가 조금씩 서로를 닮는
가을입니다

내 마음에는 벌써
국화가 담겼습니다
국화도 내 마음을 담았을 겁니다

잠자리 떼는 날개에 하늘을 담고
물고기 떼처럼 몰려다닙니다

오늘 밤 별빛은
우리들의 꿈을 담아
더욱 영롱할 겁니다

능청에 대한 소묘

능청은 좋은 말이다
능청은 미소 짓게 만든다
능청은 짓궂다
능청은 딴청의 형제이고
짐짓의 사촌이다
그러나 시치미하고는 다르다
능청에는 악의가 없다
애정의 부산물인 능청은 그래서
눈을 흘기게 만든다
능청은 미워할 수도
거부할 수도 없다
왜냐하면 능청은
어떤 경우든지
능청스럽게
사태를 장악하고 있으니까

3부
어느 무명 파두 가수의 노래

모독하지 마라

모독하지 마라
봐야 할 것을 보라고 있는 것이 눈이고
들어야 할 것 들으라고 있는 것이 귀라지만
들을 귀가 없으면 눈으로도 듣고,
보는 눈이 없으면 귀로도 보고,
그조차 안 되면 마음으로,
아니 온몸으로 보고 듣는 것이다
온몸으로 보고
온몸으로 들을 때
더 밝게 보고
더 새겨들을 수 있다
이것을 우리 몸의 근간을 흔드는 것이라 하지 말라
그것은 우리 몸을 모독하는 일이다
우리 몸의 신성을

오늘도 누더기 같은 날이 저문다

오늘도 날이 저문다
야만의 세월에 갇힌 그들
아직도 돌아오지 않은 아홉 명과
뒤집힌 세월을 그냥 두고

세월이 왜 뒤집혔는지
꽃다운 아이들과 선생님들이
왜 그 캄캄한 속에서
죽어가야 했는지
영문을 모른 채
국가가 있고 정부가 있고
대통령이 있고 장관도 있고
군대도 있고 경찰도 있는데

오늘도 터무니없는 날이 저문다
봄 가고
여름도 가고
가을 지나

겨울이 다 가도록
국민행복시대의 세월이
뒤집혀 가라앉은 악몽 같은 나라에

오늘도 누더기 같은 날이 저문다

지금은 함께 울어야 할 때

－세월호 참사에 부쳐

지금은 그저 함께 울어야 할 때
이 슬픔 삼키지도 말고
삭이지도 말고
복받치는 울음
울어야 할 때

나라가 있으면 뭐하나
학교가 있으면 뭐하나
봄이 오면 뭐하나
꽃이 피면 뭐하나
세계 최고면 뭐하나
일류 시민이면 뭐하나
이것이 우리가 떠받든 국격일 줄이야
이것이 우리가 사랑한 조국일 줄이야

지금은 그저 울어야 할 때
이 나라 이 백성 된 죄
이 땅에서 부모 된 죄

이 땅에서 자식 된 죄 어쩌지 못해
통분의 울음
울어야 할 때
이 풀 길 없는 응어리
이 풀 길 없는 더러운 기분
아프게 아프게
울어야 할 때

시여 다시 침을 뱉어라
- 김수영 시인의 외침에 기대어

시여
다시 침을 뱉어라

시대의 분탕질을 다투는
저열한 패권주의에 대하여
자릿내 진동하는
썩은 권력에 대하여
진실과 양심의 소리를 깔아뭉개는
기레기들의 패덕에 대하여
국민의 고통과 슬픔을 거꾸로 욕보이는
정치 모리배들의 희안한
정신구조에 대하여
약자의 밥줄을 쥐고 휘둘러대는
더러운 갑질들에 대하여
사특한 술수들에 대하여

물신의 교시에 놀아나는
성과 지상주의에 대하여

정론과 직설을 비웃는
교언에 대하여
입에 발린
국리민복 따위 헛소리에 대하여
엿가락 법치에 대하여

시여
다시 침을 뱉어라
배신의 역사
분단의 농간에 편승한
파렴치들의 계산된 눈물,
그 눈물 뒤에 감춰진
희희낙락과 박장대소에 대하여

이 모든 낯부끄러운
미개에 대하여

연안 여객선 갑판

연안 여객선 갑판은 때로
술판이 된다
술판은 출렁이는 갑판보다도
더 높게 파도를 탄다
몇 순배 술잔이 돌면
갑판은 마침내 영판 모르는 이와도
얼싸안고 돌아가는
놀이판이 되고
너른 바다에다 대고 맘껏 내지르는
노래판도 된다
그러다 또 한순간 삐끗하면
멱살잡이로 핏발 세우는
아사리판이 되기도 한다
허나 무슨 대수랴
여객선 갑판이
오가는 삶들 객고 푸는
한판 한풀이 굿판 좀
되기로서니

이 팍팍한 삶의 바다
이렇게라도 견디며 건너야 하니

촛불

어두운 마음들이 촛불을 켠다
여린 마음들이 촛불을 든다
촛불들이 모인다
시대의 어두운 광장에
촛불의 작은 빛살들이 퍼진다
촛불들 사이의 온기로
스산하던 광장이 덥혀진다

소리가 일어난다
촛불의 소리다, 촛불의 소리는
촛불의 소리를 부른다
촛불의 소리는
샘물같이 솟아나는 소리이다
신문이 못 듣는 소리이다
TV가 귀 막은 소리이다

촛불은 촛불을 부른다
촛불은 꺼지지 않는다

누가 누군지도 모르는 채
촛불들은 서로의 불을 켠다
촛불들은 서로의 어둠을 밝힌다
촛불들은 서로의 마음을 밝힌다
촛불들의 만남은 행진이 된다
촛불들의 만남은 환호가 된다

촛불이 돌아온다
마음이 밝아져 돌아온다
희망의 불씨로 돌아온다
희망의 불씨는 살아 있다
희망의 불씨는 모진 비바람에도
꺼지지 않는다

요즘 정말 싫은 말

요즘 가장 듣기 거북한 말은
민생
요즘 가장 역겨운 말은
민의
요즘 가장 신물 나는 말은
국민
요즘 가장 어이없는 말은
국민성공, 국민행복
갈수록 입맛 떨어지는
들을수록 입안의 모래알처럼 서걱이는
백성 민 자에 갖다 붙이는
그 입에 발린 말들

어떤 연습생

이번 생을 연습이라 치면
안 될까요
이 생이 다라 해도
그냥 연습이다 생각하고
살까요
아무리 발버둥 쳐도 안 되는 이 삶일랑
그냥 연습으로 살고 말까요
프로들은
실전을 연습처럼
연습을 실전처럼 한다던데
에라 까짓것
이 삶을 연습이라 할까요

연습처럼 사는 사람이
진짜 프로 아닐까요
진짜 고수 아닐까요

그리운 야생마

— 노무현 대통령을 그리며

당신을 차마 야생마라 할까요
그 누구도 갖지 못한
푸른 갈기를 가졌던,
아무도 길들일 수 없었던
양심의 야생마라구요,
창피에게는 창피한 줄 알고
부끄러움에는 부끄러운 줄 알라고
우리 모두의 가슴 후련히
호통치셨지요

사람들은 길들지 않는 당신을 미워했습니다
조롱과 비아냥과 시기의 화신들이
무섭게 발호하더군요
그러나 한 치 물러섬 없이
당당히 맞장 뜨던 기개,
하지만 당신이 그렇게 싫어하신
반민주, 반민본의 가시덩굴은
너무도 질기고 깊었습니다

영욕의 가시밭길을 뒤로한
귀향의 행복, 여민동락의 꿈마저
이 땅에선 정녕 사치 망상일 뿐이었나요
푸른 갈기를 뜯길 판이 되자
당신, 페가수스처럼
훌쩍 허공으로 날아올라
다시 돌아오지 않았습니다
우리 모두의 꿈이
별처럼 반짝이던 하늘 아래
천리만리를 멀다 않고 달리던
위풍당당 준마로 늠름하던 당신,
그립고, 그립습니다

길

길을 잘못 들었다
발목께까지 푹푹 빠지는
진창길이다
길이 발을 잘 놓아주질 않는다
오른발을 떼자니
왼발이 더 깊이 박힌다
왼발을 빼려고
오른발이 힘을 쓰면
다시 오른발이 박힌다
이런 오른발이 왼발은 싫다 한다
왼발도 이런 오른발이 밉다 한다
주저앉지 않고
이 길 벗어나려면
두 발로 억척스레 가야 할 텐데
두 발 때문에 주저앉으려나?
저 고갯길 너머에는
노고지리가 푸른 하늘을 제압하는*
탄탄대로가 있다

* 김수영 시구 변용.

72

나는 좌편한 세상이다

나는 좌편한 세상이다
나는 우향우보다는 좌향좌가 편하고
지구가 그 방향으로 돌아서 그런지는 모르지만
자전거를 탈 때도 좌회전이 만만하다
나는 통화할 때도 왼쪽 귀로 하고
화투패 돌릴 때도 왼손을 써서
남들이 왼손잡이로 알기도 한다
그런데 나는 고백하건대
한강을 굽어보는 남향받이 해방촌에서
주로 남쪽만 바라보고 자라서 그런지 몰라도
북쪽보다는 어쩐지 남쪽이 좋고
입맛도 남녘 태생이신 어머니 손맛에 길들여져
백석이 말씀하신 북관의 맛은 잘 모른다
문제는 내가,
어린 시절 배웠던 개마고원과
을지문덕 장군이 살수대첩을 벌인 청천강과
우리 아버지 살아생전에 몹시도 좋아하시던 노래
모란봉아, 을밀대야……와

그 노래 들으면 공연히 마음 아득해지는
그리운 금강산이 못 견디게 가보고 싶은 걸 보면
아뿔싸! 나는 아무래도 종북좌파가 아닌가 하는 것이다

그렇지만 나는 정말이지 종북 족속도 못 되는 것이
어렸을 적부터 집에서나 학교에서나
반공 교육 하나는 제대로 받아서
북쪽의 세습 영도자보담은 투표로 뽑는 대통령이 좋고
영명하신 지도자 동지의 영광을 송축하며
멸사봉공 호들갑을 떨며 살기보다는
광화문의 1인 시위와 대학 교정에 덕지덕지 나붙는 대자보와
대웅전 목탁 소리와 아침저녁 예불 소리
교회에서 새어 나오는 성가 소리가 편한 체질이다
  유모차 끌고, 등산복 차림으로 모이는 서울광장의 촛불집
회와
  여름밤 동네 공원에서 열리는 주민을 위한 공짜 음악회가
좋고
  설익은 솜씨일망정 거리의 악사가 통기타 치며 부르는 노

래와

　인터넷 광장에 난무하는 백가쟁명 댓글과

　번번이 배신감에 치를 떨지만 그래도 잊을 만하면 돌아오는

　선거철의 흥분과 설렘이 정겨운 걸 보면

　아뿔싸, 나는 아무래도

　낭만좌파쯤 되는가 보다

　그런데 언제부터였던 거야?

　빨갱이를 가지고 놀던 색깔놀이가

　종북놀이로 바뀐 건

오늘의 반성

모처럼 귀한 초대를 받아
Y 선생 댁을 찾아가는 길
오늘 따라 내비게이션이
말을 듣지 않는다
목적지를 넣어봐야 헛일이다
초행길이건 어디건
저 하나 믿고 다니는데
얘가 오늘은 뭘 잘못 먹었는지
처음부터 갈피를 못 잡고
계속 엉뚱한 곳을 헤맨다
멀쩡한 길을 놔두고
산으로도 가고
지가 무슨 능파선자라고
물로도 간다
그러면서 저도 얘가 타기는 타는지
잠시만 기다려주세요, 를 반복하며
자꾸 되짚어보기는 하는데
번번이 헛다리다

오늘 길잡이의 뻘짓에
나의 행로 다잡느라
안 쓰던 머리에 쥐 났다
애초부터 얘를 너무 믿는 게
아니었나 보다

어느 무명 파두 가수의 노래

이 잔혹한 세상에서도
인생은 그저 계속될 뿐이라고
조그만 카페에서
저 무명 파두 가수 노래를 하네요
절절히 아픈 사연을,
그러나 그럴 줄 일찌감치
다 알고 있었다는 듯
그저 무덤덤히 읊조리며

웃기려 들지 않아서 더 웃기는 얘기처럼
슬퍼하지 않아 더 슬픈 사연들처럼

오늘이 그랬듯이 내일도
힘겨운 하루가 기다리고 있지만
그 노래를 듣자니
다시 한 번 다짐하게 됩니다
괴로워 말자 살자 살어
가슴이 미어지는

슬픔이 있다 해도

그래요
살면서 어찌 상실이 없겠어요
살면서 어찌 외로움이 없겠어요
살면서 어찌 상처가 없겠어요
하지만 어쩌겠어요
어쨌든 살자구요 우리
노래하며 춤추며
저 바다의 넘실대는 파도처럼
해변의 조르바처럼
골목 안 이 작은 카페의
한 소절 노래처럼

아무도 아닌 그대에게

그 저녁을 기억해요
그 라이브 카페를요
우리는 누구랄 것도 없이
돌아가며 한 곡씩 노래를 불렀죠
제 차례에
노래를 끝내고 자리로 돌아올 때
나는 당신을 보았어요
나를 향해 환호하며 박수 치는 당신을요
그리고 다음은 당신 차례였죠
함께 온 일행과 어울려
참 맛깔나게 노래하던 당신
일행들도 함께 나와
마음껏 당신 노래를 즐기더군요
당신과는 정말 스스럼없는
마음 맞는 사람들이었을 테죠
참 보기 좋았어요
나도 그중 하나이고 싶을 정도로요
하지만 그날 우리는

한낱 옆 테이블의 손님일 뿐이었죠
아무도 아닌 그대
비록 남남으로의 만남이었지만
그날 우리 노래 하나로
원융무애를 이루었던가요?
그 저녁을 기억해요
그 라이브 카페를요
당신이 부르던 멋진 노래가
지금도 귓전을 맴도네요

4부

문명학당

자호자찬 自號自讚

-작은 구름에 대하여

1

글 좋아하는 성정이
자호를 하나 갖게 하여
작은 구름, 소운小雲이라 하였다
우리 아버지의 아버지
의 가장 꼭대기 어른
고운 할아버지의 호를 외람되이 따서
이리 지었다
고운 할아버지는
외로울 고孤, 구름 운雲,
외로운 구름이셨지만
내게는 언제나 높을 고高,
까마득히 높디높은
구름이셨다

2

구름이란
본시 형체가 없는 것이니

작은 구름도
작기만 한 것은 아니다
알 수 없는 작음이요
끝이 없는 작음이다
끝없이 작은 것은
끝없이 큰 것이라 한다

3
작은 구름은 때로는 몸 바꿔
비구름이 된다
비구름은 부슬비가 되었다가
소낙비가 되었다가
장대비가 될 수도 있다
폭풍우가 될 수도 있다
번개가 될 수도 있고
뇌성벽력이 될 수도 있다
우르르 쾅!

4
부슬비로 내릴 때,
작은 구름은 행복하다
부슬부슬 지상에 내려
돌부리를 적시고
아이들 얼굴을 간질이고
호수의 수면에 무수히
동그라미를 그릴 때
거미줄에 반짝이는
이슬로 맺힐 때
산천에 쑥쑥
초목을 키울 때

5
그러나 작은 구름은 종내
작은 구름으로 되돌아간다
너른 하늘 유유히 흐르는
그 본래 모습으로

낡은 옷

옷을 벗어 건다
내 옷 중 아마 가장 많이 입었을,
애지중지 아끼던
낡은 옷이다
목 때가 끼었고 소매는 헤졌다
썩 좋은 옷은 아닐지라도
이 옷이 있어
눈비에 젖지 않았고
찬 바람에도 춥지 않았다
봄, 여름, 가을, 겨울
이 옷을 입고 밥을 먹고
꿈을 꾸고
기쁨을 찾고
슬픔을 견뎠다
내 몸에 잘 맞았던가
조금 컸던 듯도 하다
그러나 무슨 상관이랴
가까이 걸어두고

한 번씩 먼지도 털고
가끔은 호주머니에 손도 넣어보리라
평생지기라
어쩌다 한 번씩
안부 전화나 하고 지낼 뿐이지만
그저 있어주는 것만으로도 고마운
오래된 친구 같은
옷이기에

잘 오셨습니다

－탈북 오희망 선생께

잘 오셨습니다
세상에는 정말
믿고 싶지 않은 현실도,
꿈이었다 해도 진저리 칠
그런 세상도 있군요
무슨 영화를 볼 거라고
그렇게 숨죽이며
정말 죽지 못해 사는
삶이라니요

이제 이곳에 오셨으니
그 악몽 다 잊으세요
목숨 걸고 생환해 오셨으니
잘 사실 겁니다
잘 사셔야 합니다

당신 이름대로
희망이 있어야 살지요

90

기름지게는 못 살아도
희망의 불씨 지피며
지지고 볶으며
실없는 소리 한다고
핀잔을 들을지언정
더러는
허튼소리도 좀 하면서
입바른 소리도 좀 하면서
어울려 살아야지요
그래야 사는 거지요

잘 오셨습니다

백두한라 가무단

북한 출신 가무단이
공연을 펼쳤다
현대무용과 전통 춤
고향의 봄, 아리랑
다채로운 레퍼토리로
한껏 실력을 뽐내었다
휴가철을 맞아 온천을 찾은 이들
여성 가무단의 열정적인 무대에
열렬히 환호로 화답해주었다
백두에서 한라까지
민족이 하나 되는 그날까지
여러분 모두 건강하고 행복하시라는
맏언니의 마지막 인사말도
큰 박수를 받았다
공연을 마친 단원들은 보기에
무척이나 행복한 모습들이다
그러나 우리 모두는 안다
이렇게 보기 좋은 모습들도

목숨 건 탈주와 감시의 눈과,
이별의 고통과 그리움이라는
너무도 값비싼 대가의 보상임을

백령도 바다

북한 땅 장산곶이 지척인
백령도 두무진 갯바위 위
가마우지 몇 마리와 갈매기 몇 마리
한가로이 머물고 있다

가마우지는 검은 몸
갈매기는 흰 몸
저 생긴 대로
고요히
바다와 대면하고 있다

가마우지는 검은 날개로
갈매기는 흰 날개로
이 하늘 마음껏 날 것인데
하늘이사 흰 날개 검은 날개
가리지 않으니
저들 중 몇은 짙은 해무 뚫고 날아
저쪽 인당수 건너 장산곶까지

갔다 왔을까

하지만 이 바다에는
시퍼렇게 날 선 NLL 가시철망 있어
먼 데서도 자꾸만
살갗이 베이는데

어느 저주받을 칼부림이었나
악마의 손톱이었나
46 장병들 생목숨 앗아
이 바다 위 깃털로 흩뿌렸으니

가마우지야, 갈매기야
너희도 차마 볼 수 없어
눈 돌려 외면하고 말았더냐
이 땅 인간들이 벌이는 이 몹쓸 짓을!

자유의 손

탈북 김 선생은
여차하면 먹고 죽을 만큼
아편을 품고 다녔다고 한다
그냥 까만 약으로 통한다는 그 약,
허기진 배 속에 털어 넣으면
오색 황홀경 속에
저세상으로 건너간다는
최후의 비첩秘貼 그거 하나 믿고
죽기 살기로 얼음장 서걱이는
압록강 물에 뛰어들었던 그,
하지만 사람 목숨은 모질어
얼어 죽지도 빠져 죽지도
총 맞아 죽지도 않고
그 물 건넜다는데

그 손은 정녕 따뜻했을까
죽음의 강 건너 새 삶 얻은 그이
공포와 오한보다도

감격에 겨워 더욱 떨렸을 두 손으로
부여잡은 그 손,
그토록 몸서리치게 그리던
그 자유의 손은

홍명희, 그 이름

1
지나는 길손의 발길을 붙잡던 그 옛집
어디 갔나
퇴락한 모습
잠긴 문 틈으로 보이던
잡초만 무성하던 그 집이
원래 이렇게 크고 번듯한 저택이었다니

조선 3재의 한 사람으로 꼽히던
벽초 홍명희, 그의 생가인 이곳
충청북도 괴산군 괴산읍 동부리 450-1번지
조선 명문거족의 위엄을 한껏 살려
새로 복원한 이 집은 그러나 이름하여
일완 홍범식 선생 고택이다
일제의 국권 침탈 만행에 항거, 자진 순국함으로써
조선 선비의 기개를 떨친 분이니
그 이름으로 기림도 마땅하지만

아쉽고 애석하구나,
그의 장남으로 이곳에서 태어나고 자랐으며
1919년 3·1운동 때에는 이 고향집에서
괴산지방 만세시위를 준비하였고
더욱이나 후일에 천하 걸작 「임꺽정」을 써낸
조선 천재의 그 이름, 홍명희로 빛날 수 없음이

2
인걸은 지령이라 했던가
그가 태어난 이 괴산 땅은
과연 산과 들의 품새가
참으로 호호탕탕하고
물길도 유장하다

그러나 산자수명한 이 아름다운 고장에
홍씨 일문의 인간사는 이 어인 모진 내력인가
조부와 선친으로 하여금 친일 매국노와 애국순절지사라는
엇갈린 길을 가게 한 배반의 시대가

종손인 그에게 새 세상을 꿈꾸게 했던 것일까
해방 공간에 불어닥친 좌우익 분열의 광풍 속에서
그토록 실현코자 몸부림쳤던 극일과 민족 통합의 염원을
접고
끝내 정든 고향마저 등지고 월북하고 말았던 그

그러나 북한 초대 내각의 부수상에 올랐고
애국열사릉에 안장되었다 해도
그건 다만 반동가리 땅 북에서의 일일 뿐
그러니 사람들아 보아라 그리고 향수하라,
7천만 겨레의 마음으로, 한민족의 이름으로
불멸의 역작이 뿜어내는 그 문채, 광휘를

3
서울 생활을 작정하고 떠나기 전
그가 머물러 살았던 또 다른 고향집
제월리 고택을 둘러본다
나지막한 야산으로 포근히 감싸인 채

마을길에서 서너 계단 올라선 그 집터에는
예전에 함께 있던 안채와 부속건물은 다 없어지고
지금은 사랑채만 옛 모습 지닌 채 홀로 남았다

한눈에 보아도 조선 선비의 풍골을 지닌 그 집
마당 담 밑에는 참나리 몇 송이가 청초히 피었고
툇마루에는 새로 널어 말리는 빨간 고추가 가득하다
뒤뜰로 돌아가니 그의 고향집이었음을 알리는
작은 표지석 하나만 숨겨진 듯 서 있다
전해 듣기로는 그의 오촌 조카가 살고 있다는데
어디론가 출타 중인지 기척이 없고
옛 주인의 자취도 달리 찾을 길이 없다
다만 대문 앞으로 내다보이는
소백산 줄기의 장한 기세와
그 앞에 올망졸망 정겹게 자리 잡은 민가들이
잠시 지나는 길손에게도 무언가를 일러주는 듯하다
그렇다 이것이 바로 그가 작품 속에 속속들이 부어 넣고자
했다는

조선의 풍속과 정조의 그 바탕이 아니고 무엇이랴

4
그는 과연 가슴속에 품었던 나라,
꿈에 그리던 나라를 찾았던 것일까
이념의 철옹성으로 세워진 그곳에서
하나 될 겨레의 장래 확신하며 화락했을까
그러나 그가 그 북녘 땅에서 사거한 지 46년이 지나도록
통일문의 무쇠 빗장은 녹슨 채 풀릴 줄 모르고
굶주림과 혁명 구호에 지친 인민들은 살길 찾아
목숨을 걸고 사선의 국경을 넘고 있다

머지않아 조국 통일을 이루어
다시 찾으리라 믿었을 고향 땅
지금 여름휴가의 절정기를 맞은 이곳에는
임꺽정로로 명명된 거리에 갈 길 바쁜 자동차들 분주히 오
가고
임꺽정 이름 석 자를 간판으로 내건 향토 식당도 목하 성

업 중이다
　천민 백정 출신으로 도탄에 빠진 양민들 보다 못해
　탐관오리들의 가렴주구 보다 못해
　감연히 떨쳐 일어났던 청석골 임두령
　그는 지금 이 산천이 낳은 대작가를 대신해
　화려하게 입신양명하고 있다
　언제일까 민족문학의 금자탑으로 우뚝한 벽초, 그가
　이념의 포승줄 풀어 던지고
　표연히 이 고향땅으로 금의환향할 그날은

친구야 우리는*

친구야 우리는
세계의 청년이다
우리는 지구의 젊은 피
호연지기는 우리의 자랑
우리의 드높은 기개는
벽을 뚫고 산을 넘고
바다를 건넌다

친구야 우리는
아시아의 청년이다
우리 몸에는 인, 의, 예, 지,
어질고, 의롭고,
예를 알며, 지혜를 숭상하는
군자의 피, 선비의 피가 흐른다

친구야 우리는
대한민국의 청년이다
우리에게 먼저 필요한 일은

남보다 나를 먼저 알고
남보다 나를 먼저 이기는
심지 깊은 사람이 되는 일
한 이름 높은 시인이
동방의 등불이라 부른 나라의
신세대답게 우리 모두
시대의 어둠을 밝히고
조국의 미래를 빛내는
등불이 되자

* O 고교 교지(2014) 권두시.

마이크로네시아, 2010 겨울

그 옛날 북방의 종족이
머나먼 태평양 섬들로 흘러와
겨울에도 열기가 식지 않는
열대의 태양 아래
암갈색 피부를 가진
태양의 부족이 되어 살았다

그들의 이름은 마이크로네시안
멜라네시안, 폴리네시안들과 더불어
가장 큰 바다, 태평양을 지켜온 그들
한때 미국과 일본의 패권 다툼에
국토와 국권이 송두리째 유린되는 핍박의
시절이 있었지만
신의 보살피심으로
다시 평화를 찾았다
바닷속에 수몰된 수많은 전함들은
이제는 전 세계의 다이버들을 불러 모으는
최고의 관광자원이 되었다

태풍의 탄생지이면서도
태풍 걱정은 안 해도 되는 곳
난바다의 거센 파도도 다 막아주는
환초대, 그 천혜의 방파제에 둘러싸인
호수처럼 잔잔한 바다
야자수 그늘 아래 코코넛 열매가 뒹구는 무인도를
징검다리 삼아 나가면
해안에서 수십 킬로미터 바깥도
기껏해야 무릎 정도밖에 잠기지 않는
믿기지 않는 대양의 수심水深
그러나 그 어름
높다랗게 솟구쳐 올랐던 파도의 물마루가
하얀 포말로 거꾸러지며 부서지는
경계면에 이르면 곧바로
수천 미터의 태평양 심해 구역이 시작된다

이렇게 희한한 바다에 감싸인 여기는,
이제 지구촌 웬만한 곳에서는 다 터지는

우리의 세계적 명품 휴대폰도 완전 먹통이 되는,
일일 연속극도, 축구 중계도 못 보는
후미진 곳이지만
눈부신 에메랄드빛 바닷속
산호초 비경을 만나는 순간
이 세상 그 어떤 것도 부러울 게 없는
경이로운 야성의 세계

이런 곳에
지금부터 꼭 10년 전,
우리 코르디안이 터를 잡아
열대바다가 전수해주는 비기秘技로
흑진주조개를 키우고
미래의 단백질,
스피룰리나 생산기술을 개발하여
글로벌 연구시장의 새 기대주로 떠올랐다

공항에서 센터까지 8킬로미터 남짓의 가까운 거리, 그러나

정상 노면보다 물웅덩이가 더 많아
조심조심 차를 몰아야 하는 험난한 길
낯설고 물선 이곳에서
센터가 걸어온 지난 10년이
꼭 이와 같았으리라
그러나 그 모든 역경을 넘어
이곳 웨노 섬 마이크로네시안들의
믿음직한 친구가 되어온
코르디안들
설립 10주년을 넘기고 새로운 10년을 향하는
2010년 겨울의 한·남태평양연구센터는
이제 더 큰 웅비의 나래를 펼치기 위한
새 연구 둥지를 지을 꿈에 부풀고 있다

내년부터 시작, 5년 후 완공될 새 연구센터는
가장 얻기 힘들지만, 가장 아름다운
명품 흑진주 같은 연구기지가 될 것이다

갈수록 더 빛을 발하는
해외 과학기지가 될 것이다

원시자연이야말로
가장 귀중한 과학 밑천이므로
원시 바다야말로
가장 무한한
과학의 미개척 원시림이므로

문명文明학당

일주일에 한 번 열리는
우리 남녀공학 문명학당은
선생님 한 분에
학생은 대여섯 명

남학생은 보통은 둘,
어쩌다 많으면 넷
여학생은 많으면 셋
적은 날은 둘

이곳 수원시 매향동
유구한 역사와 전통에 빛나는
삼일학교 방과 후의 야학 명문
본관 1층 예절실에서 하는
90분 수업의 가장 모범생은
희수 안팎의 고령이신
반곡 선생님

최고참 선배는
유급도 졸업도 없는 이 학교에
말하자면 올해 10학년인
낼모레면 환갑 나이인
토박이 아줌마 긍로 여사

10년째 무료 학당 훈장이신
문명 선생의 가장 든든한 후원자는
학당 출석률은 몹시 불량한
바로 이 삼일학교 지도부장 박 선생님

오늘도 우리 문명학당 학생들
여기서 콜록— 저기서 에이취—
감기 기운에 콧물도 훌쩍
누구는 청력이 신통찮고
누구는 형편없는 시력을 가졌지만
수업 집중도만은 단연 최고다

고전 명문 문명학당의 오늘 수업은
맹자 만장萬章 편인데
향학열에 불타는 만학도들
천자天子든 백성이든 모름지기
하늘의 뜻을 알아야 한다는 대목에서
시쳇말로 필이 꽂혀
그렇지, 바로 그거야 하며
너도나도 쾌재를 부른다

사회적 실존을 향한 문밖의 사유

염창권 **시인·광주교대 교수**

1

우리의 삶이 어떻게 인식되고 되풀이되는가에 대한 질문은 다양한 의미를 함축하게 된다. 특정의 'X'라고 하는 사람은 '얼굴 사진', '지문', 혹은 'DNA' 등을 통해 그 '있음'을 확인할 수 있다. 그러나 그것은 그 자체로 존재하는 것이며, 현존재나 존재자로서의 각성이나 의식의 상태를 보여주는 것은 아니다. 육체성을 넘어 '나'를 인식하는 것은 대상들로부터 분리된 고독한 개별적 존재임을 각성하는 것이자 이를 통해 자기를 둘러싼 세계를 통찰함으로써 실존을 추구하는 일이다. 즉, 하이데거가 말한 "세계-내-존재"란 말은 현존재가 그 세계 안의 대상들과의 관계를 바탕으로 촉발되는 자기 인식의 양태를 일컫는다. 그러므로 타자나 대상을 몰각한 상태의 순수 주체는 익명이거나 비인격적인 추상명사에 불과하다.

'너'는 또 다른 '나'이다. 또 다른 '나'로부터 '너'라고 불리는 '나'는 '너'의 세계를 구성하는 요소이자 한 타인이다. 그러나 현실의 수많은 사건들, '나'를 제외한 모든 것을 물리쳐야 할 대상으로 전락시킨 자본시장의 유아唯我론적 상황에서는 '나'를 기울여 '너'를 호명하기란 쉽지 않은 일이다.

2

최형태 시인이 첫 시집『눈발 속의 쾌지나 칭칭』(1999)에 이어, 16년 만에 두 번째 시집『어느 무명 파두 가수의 노래』를 상재한다. 이번 시집이 엮이기까지 녹록지 않은 시간적 간격이 개입하고 있다. 그러나 이와 관련하여 그의 개인사를 추적할 필요는 없을 것이다. 창작의 결과인 시 작품은 이미 시인으로부터 독립하여 타자의 영역에 놓여 있기 때문이다. 시인은 독자의 위치에 물러앉아 자신의 작품이 스스로 이야기를 들려주도록 귀를 열어두어야 한다. 첫 시집에서 "아무도 아는 이 없지만 / 실은 그가 있어서 / 나는 사네"(「그」)라고 '그'를 호출한다. 여기서 '그'는 부정칭의 단수로서 내 호출의 영역에는 보이지 않으나, 어디에선가 '나'를 부르고 있을 막연한 존재자이다. '나'와 '너'라는 근원적 관계밖에 있는 '그'를 향해 상호 연대를 이야기하는 것이다. 이와 같은 태도는 두 번째 시집에서도 여전히 유효하다. 이는 다음 시에서 분명해진다.

26세의 한창 나이에 그는 죽었다
한때 나는 그의 희곡 속 한 등장인물이었다
딴 사람이라는 이름을 가진
그 배역을 맡았을 때는 세상에,
내 나이 약관 스무 살이었다!

국문과 신출내기들이 겁도 없이 덤벼들었던,
그러나 결국 무대에 올려보지도 못한 그 연극 대본을
40년도 더 지난 지금
흐린 눈 비벼가며 다시 읽는다
주인공 베크만 하사와, 전장에서 그의 연대장이었던 대령과,
대령의 가족과, 그리고 또 누구였던가,
기억 속에서 가물거리는 배역들을 더듬으며
요절한 천재 작가의 광기 서린 작품을 읽는다

전쟁의 악몽에서 헤어나지 못하는
문밖에서 떠도는 자의 충혈된 눈이 새삼 아프게 다가온다
이제 막 생의 오랜 전선에서 돌아온 나

이 밤은 나도

패잔병이다

노트북 화면 속 대본 위로 부유하는 또 다른 무대의

또 다른 문밖을 배회하는,

－「보르헤르트를 읽는 밤」 전문

이 시에서는 젊은 시절, 무대에 올리지 못했던 연극 대본을 호출한다. 보르헤르트의 희곡 「문밖에서」라는 작품이다. "국문과 신출내기들이 겁도 없이 덤벼들었"지만 무대에 올리지 못하고 그 의욕만을 남겨둔 채 접었던 작품이다. 그런데 그걸 "40년도 더 지난 지금 / 흐린 눈 비벼가며 다시 읽는다"고 한다. 왜 그걸 반복하는가? "26세의 한창 나이에" 극작가인 그는 죽었지만, 그가 떠워놓은 질문은 오늘날에도 여전히 유효하기 때문이다. "전쟁의 악몽에서 헤어나지 못하는 / 문밖에서 떠도는 자의 충혈된 눈이 새삼 아프게 다가온다"고 했을 때, 방법만 달라졌을 뿐 자본시장의 논리는 전쟁터나 다름이 없다. 이를 우리 시대의 삶에 겹쳐 읽는다면, 누구든 자본시장의 정글 법칙에서 자유롭지 못한 상태이며, "문밖"으로 밀려난 순간 패잔병과 다름없는 처지에 놓인다. 시인은 대본의 삶을 무대 위에서나마 한 번도 살아보지 못하였기에 아쉬움이 크다. 그나마 그가 예정했던 배역의 이름조차 "딴사람"이었으니, 무효화된 연극적 상황 못지않게 오히려 현실적 삶은 대본에서 예언된 대로이다. "대본 위로 부유하는 또 다른 무대의 / 또 다른 문밖을 배회하는" 군상들의 모습이 이 시에 겹쳐 그림자를 드리우는 것은 결코 우연이 아니다. "주인공 베크만 하사와, 전장에서 그의 연대장이었던 대령과, / 대령의 가족과, 그리고 또 누구였던가, / 기억 속에서 가물거리는 배역들", 그리고 '나'의 배역이었던 "딴 사람"이 어울려 "문밖에서" 전쟁터의 상황을 언급한다. 즉, 개별적 주체인 '나'는 다른 배역들이 모여 있는 사회적 실존의 영역을 벗어나면 의미를 잃게 된다.

이러한 사회적 실존에 대한 그의 질문은, 결국 우리에게 부과된 삶의 양상이 정의롭지 못하다는 인식에서 비롯된다. "김수영 시인의 외침에 기대어"라는 부제를 단 「시여 다시 침을 뱉어라」에서는 휴머니즘이 상실된 현실을 비판적으로 조명한다. "시여 / 다시 침을 뱉어라 / 배신의 역사 / 분단의 농간에 편승한 / 파렴치들의 계산된 눈물, / 그 눈물 뒤에 감춰진 / 희희낙락과 박장대소에 대하여"와 같은 반복된 호출은 김수영의 직정적인 어법을 차용하고 있거니와, '참'이 아닌 '거짓'이 위세를 떨치고 있는 현실을 점층적으로 나열함으로써 여기에 "침을 뱉"는 부정의 정신을 전면화한다. 이와 같은 판단은 윤리적인 것, 즉 인간적 품위와 관련된 문제이다. 레비나스는, 타자의 위치에 서는 것, 즉 대체 substitution를 통해서 타자에 다가감으로써 비로소 '나'는 진정한 주체가 될 수 있다고 한다. 그러나 "물신의 교시에 놀아나는 / 성과 지상주의"는 타자를 배제한 유아론적 경쟁에 몰두한다. 이로써 한 사람의 승리를 위해 대다수의 패잔병을 만든다. 그러니 패잔병 앞에서 함부로 승리를 자축할 수 있을 것인가?

레비나스는 "타자에 대한 책임은 모든 수동성보다 수동적인 수동성이다. 책임은 이전의 어떤 관련이 없어도 발생하는 것이다"라고 언급한다. 이와 더불어 바흐친은 "타자 윤리에 있어서 주체로서의 나는 항상, 이미 타자들과의 사건적 관계에 연루되어 있으며, 따라서 책임 있는 사고와 행동이 '나'의 존재 이전에 이미 요청되어 있는 상태"라고 한다. 그러니 누가 누구를 향해 폭소할수 있으랴! 어느 순간 '그'는 나에게 다가와 '너'라고 호명하며 '나'를 불러내는 존재자가 된다. 그러나 '나'의 인식은 '너'의 표정이나 몸짓과 같은 '표면'에 머무를 뿐 '너'의 안에 자리 잡을 수 없다. 다만, '나'를 방기한 상태로 '너'의 안에서 '너의 나'인 어떤 상태로 머무를 수 있을 따름이다. 그러므로 진정한 교섭은 '너'를 향해 '나를 방기함'으로써만 이루어진다.

어두운 마음들이 촛불을 켠다
여린 마음들이 촛불을 든다
촛불들이 모인다
시대의 어두운 광장에
촛불의 작은 빛살들이 퍼진다
촛불들 사이의 온기로
스산하던 광장이 덥혀진다

소리가 일어난다
촛불의 소리다, 촛불의 소리는
촛불의 소리를 부른다
촛불의 소리는
샘물같이 솟아나는 소리이다
신문이 못 듣는 소리이다
TV가 귀 막은 소리이다

촛불은 촛불을 부른다
촛불은 꺼지지 않는다
누가 누군지도 모르는 채
촛불들은 서로의 불을 켠다
촛불들은 서로의 어둠을 밝힌다
촛불들은 서로의 마음을 밝힌다
촛불들의 만남은 행진이 된다
촛불들의 만남은 환호가 된다

촛불이 돌아온다
마음이 밝아져 돌아온다
희망의 불씨로 돌아온다
희망의 불씨는 살아 있다
희망의 불씨는 모진 비바람에도

꺼지지 않는다

―「촛불」 전문

이 시에서 주체는 "어두운 마음들"이자 "여린 마음들"이다.
"누가 누군지도 모르는 채" 이들은 모여 "소리"와 "촛불"로 일어
선다. 이와 같이 무차별적인 무한의 신뢰와 헌신은 상호 연대의
가능성을 열어간다. "신문이 못 듣는 소리", "TV가 귀 막은 소
리"는 현실 세계와 단절되어 있는 소리임을 전제한다. 여기서 시
인은 김수영 시인의 화법을 빌려 오는데, 그것은 반복에 의한 나
열을 통하여 "촛불"의 의지와 상호 연대의 감정을 증폭시키는 역
할을 한다. 또한 이 시는 "희망의 불씨는 모진 비바람에도 / 꺼
지지 않는다"와 같이 결론을 유보한 채 진행형으로 끝나는데, 이는
타자와의 무차별적 연루에 의한 '함께' 살아가는 것, 그 자체를
통해 진정한 주체로 설 수 있다는 믿음을 나타내는 것이다.

3

실존적 고독은 개별적 존재가 타인과 분리되어 있음을 느끼는
데서 야기된다. 여기서의 고독은 사회적인 고립에서 비롯된 것과
는 다르다. 모든 인간은 단독자로서 죽음 앞에 서게 된다. 누구나
신 앞에서는 유일자이며 타인을 동반할 수조차 없다. 이러한 고

독의 한계 내에서 타인을 참된 존재로 확인하게 되며, 다른 자기를 인정하고 그가 가지고 있을 고독을 통해 참된 관계를 이룰 수 있다.

어머니 손을 잡고 걸었다
생신날에
집 근처 식사 장소를 오가며

얼마 만이던가
아니 언제
어머니 손을 잡아보기나 했던가

한 손엔 지팡이 짚고
다른 한 손으로는
내 손 꼭 쥐고

천천히 한 발 두 발
야야 다 와가나?
숨찬 걸음 멈추며
물어보시던 어머니

예전 같으면

한달음에 오갔을 길
그래도 오랜만에 아들 손 잡고
마냥 행복한 표정으로
걸으시던 어머니

어머니 이제사 알겠습니다
어머니 손이 왜 세상에서
가장 따뜻한 손인지

어머니 손이 왜 세상에서
가장 그리운 손인지
―「그리운 손」 전문

　나에게 몸을 나누어준 어머니조차 나와 분리된 개별적 주체일 따름이다. "오랜만에 아들 손 잡고" 걸어가는 어머니는 무상한 시간 속에서 존재가 축소되어간다. "한달음에 오갔을 길"이 "숨찬 걸음 멈추며" 가는 길이 되고 말았다. 어머니를 향해 나를 개방하는 일은, 내가 걸어갈 미래를 예언하는 일과 동일하다. 누구나 어머니 몸으로부터 분리된 이후로 일회적인 유한자의 고독을 지니고 살아간다. 이 과정에서 태생적 지점인 어머니의 몸을 통해 자기의 연원을 확인하고, 그 손을 잡은 채 "세상에서 / 가장 따뜻한 손"이자 "가장 그리운 손"이라는 의미를 부여하게 되는 것이다.

자신의 몸에서 분리된 타자인 아들을 바라보는 어머니의 마음, 그 마음 안에서 일어나는 고독감은 자식에게 투사된다. 그래서 그 사랑은 본질적으로 고독한 인간에 대한 헌신이자 연민이다. 이에 대해 자식은 원초적 경험을 환기하지만 오랜만에 손을 잡아드리거나 생신날 잔칫상을 차리는 것과 같은 표층적인 차원의 응답일 뿐이다. 이는 당연한 것으로 신의 사랑이나 어머니의 사랑은 무한한 것이어서, 그 무한성에 보답하는 것은 불가능하기 때문이다.

4

반성적 사유는 자기 점검의 한 양태이다. 역사적으로 억압된 자기를 초월하여 무한한 시간 앞에, 혹은 절대자 앞에 자기를 개방하는 과정에서 진정한 반성이 가능해진다. 그곳에 자연의 순환이 있고 '나'라는 존재를 지그시 들여다보는 무언의 눈길이 있다. "막사발"은 일용할 목적으로 거칠게 만들어진 그릇이다. 일용하는 과정에서 외부의 거친 결이 닳아가면서 윤기가 도는 그릇처럼 우리의 마음도 사는 방식에 따라 닳아가며 손때가 묻거나 윤기가 흐를 것이다.

내 마음의 막사발에는 이맘때쯤

말갛게 아침나절의 고요가 고인다네
자주자주 비가 오고
빗방울들이 음표처럼
지표면을 때리는 이맘때쯤

비 갠 산허리에 나직나직
조각구름들이 떠돌고
그 아래 계곡물들이 팔뚝에
울끈불끈 힘줄을 돋우는
이맘때쯤

풀섶에 앉았던 나비들
팔랑팔랑 한가로이
날아오르고
내가 기다리던 능소화가
마침내 피고
새로 태어난 물오리들
아장아장
물살을 헤집고 다니는 이맘때쯤

내 마음의 막사발에는
말갛게 아침나절의 고요가 고인다네

누군가의 손길이 따라주시는

찻물처럼

―「내 마음의 막사발」 전문

    사회적 관계에서 돌아와 본질적인 '나'와 대면하는 시간은 "이맘때쯤"일 것이다. 이 시간만큼은 비워낸 마음의 그릇에 자연의 순환과 우주의 섭리가 신의 계시처럼 말갛게 고인다. 여기서 시적 화자가 말하는 "이맘때쯤"은 "자주자주 비가 오고", "조각구름들이 떠돌고", "나비들"과 "능소화", 그리고 "새로 태어난 물오리들"이 헤엄을 치는 "아침나절"의 맑은 고요 속이다. 자연의 만물들이 생명 탄생의 신비감과 함께 봄 느낌으로 그릇을 가득 채운다. 계시의 순간과도 같은 이 고요의 시간에 '텅 빈 충만함'이 출렁인다. "누군가의 손길이 따라주시는 / 찻물처럼" 몸의 그릇에 샘솟아 오르는 생명의 기운을 느끼게 되는 것이다.

    이와 같은 초월적 계기는 다른 시에서도 나타나는데, "비 그친 구름 하늘엔 / 청아한 먹빛으로 새로 번지는 / 모바일폰 문자 같은 / 불립문자 한 말씀"(「여름날 저물녘의 귀가」)이나, "우리가 조금씩 서로를 담는 / 가을입니다"(「가을」)에서와 같은 계시적 순간이 불현듯 다가오는 것을 느끼며, 자연의 섭리에 따라 삶의 질서를 회복하려는 의지를 보인다.

5

역시나 세계는 시인의 마음을 불편하게 한다. "시여 / 다시 침을 뱉어라"라고 김수영의 어법을 호출했을 때에도, 시인의 1차적 사명은 허위의 세계를 탈脫은폐·폭로하는 예언자적 각성에 있다는 태도를 견지하고 있기 때문이다.

발밑 물웅덩이에
구름이 흐른다
쑥쑥 키가 자라는 나무들
무성한 잎새들 사이
언뜻언뜻 비치는 구름 하늘을
슬쩍 건넌다
어디선가 안하무인으로
매미가 운다
그 왁자한 울음에
세상천지가 한 번
부르르 몸을 턴다
세찬 비 그치고 난 뒤
우산 접어 들고 걷는
여름 한낮
　－「여름 한낮」 전문

시적 화자는 "세찬 비 그치고 난 뒤" 물웅덩이를 건넌다. 이 웅덩이에는 구름과 나무들과 잎새들이 담겨 있다. 이 웅덩이 속의 풍경은 하늘이 지으신 대로 평화이자 순리에 가깝다. 그런데 이 풍경을 휘젓기라도 하듯, "어디선가 안하무인으로 / 매미가" 울고 있다. 여기서 "매미"를 문자적인 의미로만 읽어서 안 되는 까닭은, 그의 시가 기본적으로 현실 비판적인 태도를 바탕에 깔고 있기 때문이다. 이 경우에는 김수영에서 볼 수 있듯이 세계와의 불화의 방식을 시 쓰기의 전략으로 삼게 된다. 온갖 허위와 부정을 폭로하기 위하여 나열법이나 점층법을 사용하는 것이나, 시니컬한 자기비판이 직정적인 호소를 통해 표출되는 것과 같다. 이로써 시의 어조에는 파토스가 강렬하게 노출된다. 이는 시인의 성정과 관련되는 것으로, 통일문학포럼에 참여하는 일과 같이 사회적 관심을 놓치지 않는 시인의 행동주의적 일면을 보여준다고 하겠다.

최형태의 시에서 전반적으로 드러나는 것은 현실 비판적인 성찰과 자기 헌신에 바탕을 둔 사회적 연대의 모색이다. 문 안으로 진입하지 못한 사람들이 함께 꿈꾸는 세상은, 개별자들이 헌신과 봉사를 통해 타인들, 즉 딴 사람들과 함께 얽혀 사는 세계이다. 이들이 벌이는 풍자와 비판, 그리고 사회적 실존을 이야기하는 방식을, 이 글에서는 "문밖의 사유"라고 명명하여보았다. 최형태 시인의 두 번째 시집 발간을 축하드리며, 앞으로의 건필을 기원한다.